Leben ist das, was man tut

Die Autorin
Iris Boden wurde 1966 in Köln geboren. Von 2009 bis 2011 absolvierte sie den Studiengang Belletristik an der Hamburger Akademie für Fernstudien. Die Autorin lebt und schreibt in Dormagen.

Im BoD-Verlag bereits erschienen:
Das Leben ist ein Regenbogen
Schau in den Spiegel, wenn du dich traust

Iris Boden

Leben ist das, was man tut

Kurzgeschichten / Gedichte

Bibliografische Informationen der Deutschen Nationalbibliothek:
Die deutsche Nationalbibliothek verzeichnet diese Publikation in der Deutschen Nationalbibliografie; detaillierte bibliografische Daten sind im Internet über http://dnb.d-nb.de abrufbar.

© 2017 – Iris Boden, Dormagen
Umschlagbild © 2017 – Iris Boden, Dormagen
Herstellung und Verlag:
BoD – Books on Demand, Norderstedt
ISBN 978-3-7460-3373-0

Für meine Mutter, die ich so sehr vermisse.

INHALT

Kurzgeschichten

Gedichte

Weihnachten

Kurzgeschichten

Freundschaft

Da sitzt er und jammert. Über Sinn und Unsinn seiner Arbeit. Ihm zuzuhören bereitet mir Kopfschmerzen. Lieber aus dem Fenster schauen. Wie kahl die Bäume mittlerweile sind. Es geht ihm wirklich schlecht. Ich muss mich konzentrieren. Das bin ich ihm schuldig. Er ist schließlich mein bester Freund. Schon deshalb hat er Recht. So ist das nun mal. Obwohl – er könnte sich schon ein wenig zusammenreißen. Finde ich. Andere wahrscheinlich auch. Aber andere sind nicht ich. Es ist alles so sinnlos, höre ich ihn sagen. Er stellt sich aber auch an. Mann, ich könnte dich jetzt aber wirklich mal schütteln. Hoffentlich finden wir bald eine Lösung. Schließlich muss ich noch einkaufen. Früh nach Hause wollte ich. Den Abend gemütlich vor der Glotze verbringen. Himmelherrgott nochmal, eine Lösung muss her. Aber schnell. Heult er jetzt? Auch das noch. Mit heulenden Kerlen kann ich so gar nicht umgehen. Wie viel Uhr ist es eigentlich? Ob Franka schon zu Hause ist? Verdammt, ich muss einkaufen. Sonst hängt der Haussegen schief. Kündigung? Was hat er jetzt gesagt? Man hat ihm gekündigt? Wenn er doch mal mit der Heulerei aufhören würde. Ich versteh' kein Wort. Außerdem, so tragisch ist das jetzt auch nicht. Er ist gut in seinem Job. Er wird schnell etwas anderes finden. Ich sage es ihm. Ich habe gekündigt, schnauzt er mich an. Verrückt. Langsam komme ich da nicht mehr mit. Warum heult er dann? Scheiß Firma, scheiß Job. Hat er immer schon gesagt. Und jetzt? Alles sei so sinnlos. Sein Job, sein ganzes Leben. Alles mache keinen Sinn. Das wird mir alles zu viel. Wenn ich nur wüsste, was ich sagen soll. Seelentrost war nie mein Ding. Wird es auch nie sein. Weiberkram. Herrje, das ist schon ganz schön spät. Wenn er sich nicht bald beruhigt, habe ich ein ernsthaftes Problem. Ein wirklich ernsthaftes. Franka war in der letzten Zeit sehr ungeduldig mit mir. Dieser Frauenkram von wegen Selbstfindung. Mann, Kumpel, auch ich habe Probleme. Aber, heul ich rum? Was sollte ich nochmal einkaufen? Tomaten, Mozzarella und was noch? Mist. Ich hätte es doch besser aufgeschrieben. Franka hat's ja gleich gesagt. Widerlich, wie er sich den Rotz mit dem Ärmel abwischt. Aber er scheint sich zu beruhigen. Dann kann ich ja bald gehen. Kumpel, das wird schon. Du schaffst das. Schlaf ´ne Nacht drüber und alles wird gut. Wir reden morgen, ja? Und jetzt schnell einkaufen. Dann schaffe ich es noch, vor Franka zu Hause zu sein.

Liebe geht durch den Magen

Liebe geht durch den Magen. Sagt man. Also ist es nur selbstverständlich, dass ich heute mein Bestes gebe. Nachdem wir uns ein paar Mal in Restaurants oder Bars getroffen haben, will er mich heute Abend zu Hause besuchen. Dieser wunderbare, feinfühlige, höfliche, charmante, witzige, gutaussehende, intelligente Mann mit dem wohlklingenden Namen. Adrian. Leichtsinnigerweise habe ich ihn zum Essen eingeladen. Es ist noch früh. Eigentlich. Wenn ich nur wüsste, was ich kochen soll. Kochen. Ein Wort, das in meinem Sprachgebrauch äußerst selten vorkommt. Und noch seltener die Tätigkeit als solches. Kochen. Allein dieses Wort bereitet mir Unbehagen. Ich kann gar nicht kochen. Ich will es auch gar nicht. Dennoch könnte ich mit den Zutaten, die ich nach dem Einkauf auf der Arbeitsplatte in der Küche ausbreite, die Belegschaft eines mittelständischen Unternehmens verkösten. Könnte ich. Wenn es gelänge. Lammkoteletts, Lachfilet, Entrecôte, Spargel, Brokkoli, Kartoffel, Reis und Rotwein. Viel Rotwein. Denn den kann ich servieren. Ohne Mühe. Ich fühle mich überfordert, fange an zu schwitzen. Dabei habe ich noch nicht einmal angefangen. Was habe ich mir nur dabei gedacht? Vielleicht sollte ich mich einfach in Schale werfen und auf ihn warten. Ihm den Vorschlag machen, naja, vor die vollendete Tatsache stellen, mit ihm gemeinsam kochen zu wollen und ihn dann machen lassen. Beim letzten Rendezvous hat er mir schließlich erzählt, dass er in seiner letzten Beziehung das Kochen übernommen hat. Wunderbar. So stelle ich mir das vor. Aber von einer Beziehung kann man bei uns nicht sprechen. Noch nicht. Was nicht ist, kann ja noch werden. Dazu muss ich diese verdammten Zutaten irgendwie essbar zubereiten. Denn – Liebe geht durch den Magen. Aber, wie fange ich bloß an? Ich habe keine Ahnung. Erst einmal Kartoffel schälen. Das kann ich. Zumindest in der Theorie. Nach der ersten Kartoffel weiß ich jedoch, dass ich sehr, also wirklich sehr ungeschickt bin. Die Knolle hat sich von handtellergroß in murmelklein verwandelt. Und das in exakt neun Minuten. Das geht gar nicht. Kartoffel schließe ich nun aus. Gut, dass ich auch Reis gekauft habe. Ich lese die Zubereitungsanleitung auf der Packung. Klingt gar nicht so schwierig. Das kriege ich hin. Allerdings kann ich dafür nichts vorbereiten. Umso besser. Ein Arbeitsschritt weniger. Ich entscheide mich für Brokkoli. Dieses grüne Teil werfe ich einfach in einen Topf mit Wasser und lasse es vor sich hin köcheln. Aber wie lange? Unerheblich. Der Reis braucht zwanzig Minuten zum Garen, dann muss diese Zeit auch für das Gemüse reichen. Ist doch gar nicht so schwer. Adrian kommt um sieben. Wenn ich also um zwanzig vor sieben Reis und Gemüse koche, muss das genügen. Um diese Zeit werde ich dann auch – sagen wir einmal – das Lachsfilet in den Ofen schieben. Und fertig ist ein perfektes Abendessen. Zufrieden öffne ich eine Flasche Rotwein. Ein Gläschen für die Köchin kann schließlich niemand verwehren. Denn die Liebe soll schließlich auch durch meinen Magen gehen. Und das funktioniert mit Rotwein nun einmal am besten.

Nach dem dritten Glas Wein fühle ich mich beschwingt und unwiderstehlich. Wenn ich es schon mit der ganzen Welt aufnehmen kann, dann erst recht mit dem Herd. Her mit dem Rotwein. Ich werde kochen. Das kann doch jedes Kind. Also nichts worüber man sich Gedanken machen müsste. Wo ist eigentlich die Betriebsanleitung für den Backofen? Egal. Noch ein Schlückchen Wein und es kocht sich fast von alleine. Also zuerst einmal ins Bad. Aufbrezeln. Seltsam. Mir ist noch nie aufgefallen, dass die Wände im Flur nicht gerade verlaufen. Wo ist der Rotwein? Eine zweite Flasche muss her. Ich kichere. Noch eine Stunde, dann kommt er. Adrian. Ich bin verliebt, habe Schmetterlinge im Bauch. Im Magen. Liebe geht durch den Magen. Und Rotwein. Mehr hat mein Magen heute auch nicht bekommen. Trotzdem habe ich keinen Hunger. Warum sollte ich also kochen? Vor dem Spiegel im Flur proste ich mir zu und kann nicht mehr aufhören zu kichern. Die zweite mittlerweile halb geleerte Flasche Wein funktioniere ich kurzerhand um zu einem imaginären Mikrofon und singe. Kann denn Liebe Sünde sein? Ich bin toll. Adrian ist toll. Wenn doch nur der Fußboden nicht so schwanken würde. Ich muss mich ausruhen. Hinsetzen. Ich lehne mich an die Wohnungstür. So kann ich diesen Traum von einem Mann nicht verpassen. Müde bin ich. Nur ein wenig die Augen schließen.

Es klingelt. Es dauert einen Augenblick, bis ich meine Gedanken und dann meine Gliedmaßen sortiert habe. Mir ist schlecht. Alles dreht sich. Mühsam ziehe ich mich am Türrahmen hoch und öffne die Tür. Ich schaue in ein verwundertes Gesicht und entdecke das wohl schönste Fragezeichen, das ich jemals gesehen habe. Adrian. Ich würge. Geistesgegenwärtig hält mir mein Gast eine Geschenktüte entgegen, die sich nun mit unverdautem Rotwein füllt. Und leider dabei auch meine Lieblingspralinen ertränkt. Ich lalle eine Entschuldigung und lasse mich dann schwach und willenlos in die Wohnung führen. Liebe geht durch den Magen. Rotwein auch.

Vernissage

Ich gebe mich cool, weltoffen, souverän. Dabei rutschen bei jedem Schritt meine Socken über die Ferse und bilden Wülste in meinen Schuhen. Budapester. Schwarz-weiß. Passen hervorragend zu der schwarzen Smokinghose, der weißen Hemdbluse und der dunkelroten Krawatte. Die habe ich mir allerdings von Thomas ausgeliehen. Der ist Buchhalter und hat mit Kunst wenig zu tun. Manchmal beneide ich ihn darum, besonders heute. Ich kann sie einfach nicht ausstehen, diese selbsternannten Kunstkenner. Sie gockeln durch die Ausstellung und halten sich für die Götter der Kunst. Meine Kehle ist trocken. Da hilft nur noch Schampus. Und der fließt hier in Strömen. Wahrscheinlich zahlen wir noch drauf, so wie die alle saufen. Aber Frieda hat darauf bestanden. Frieda … Wo ist sie eigentlich? Als Galeristin sollte sie präsenter sein. Wenn doch nur nicht meine Socken so rutschen würden.

„Ah – da ist ja die Künstlerin." Wer zum Henker ist das?

„Entschuldigen Sie, Madame, darf ich mich vorstellen? Hercule Binoche." Ich erwidere nichts. Künstler haben schließlich so ihre Eigenheiten. Stattdessen halte ich ihm meine rechte Hand entgegen, die er pflichtschuldig ergreift und einen Handkuss andeutet.

„Ich muss sagen, Madame, Ihre Werke … Par exellence, ausgesprochen beeindruckend." Ich sage immer noch nichts. Dieser Typ ist mir unsympathisch.

„Diese Farben, diese Komposition, magnifique, Madame. Ganz besonders gefällt mir „Tod im Nebel". Schließlich kann man hier die Dämonen der Finsternis am Horizont erkennen." Was quatscht der denn da? Dämonen am Horizont? Ich kann mich beim besten Willen weder an Dämonen noch an einen Horizont erinnern. Und … „Tod im Nebel" sagt mir ebenfalls nichts. Wo ist nur Frieda? Immer wenn ich sie brauche, ist sie nicht da.

„Madame, ich kann gar nicht genug zum Ausdruck bringen, wie sehr ich Sie bewundere." Ich ringe mir ein Lächeln ab und hoffe, dass es nicht allzu gequält wirkt.

„Ich danke Ihnen, Monsieur Binoche", sage ich. Mehr fällt mir nicht ein. Frieda, verdammt, wo bist du?

„Dieses Bild zum Beispiel …", er deutet auf ein älteres Gemälde, das nie besondere Aufmerksamkeit erhalten hat, „dieses Bild fasziniert mich besonders." Aha. Jetzt wird es vielleicht doch noch interessant.

„Die Rücklichter des Zuges, der den Bahnhof verlässt, symbolisieren einen tragischen Abschied.

Vielleicht sogar den Tod. Le mort. Très intéressant." Rücklichter des Zuges? Bahnhof? Ich betrachte mein Bild. Eine Auflösung verschiedener Rottöne, die durchaus bedrohlich wirken können. Ein Experiment. Gemalt zu einer Zeit, als mein Kopf leer war, ohne Gedanken an irgendetwas.

„Und dieser Himmel, dieses blasse Gelb, hoffnungsvoll, zuversichtlich – très jolie." Gelb. Sagte er jetzt wirklich gelb? Farbenblind ist er also auch. Allerdings – eine wahrlich gute Idee. Ein gelber Himmel … Ach was! Jetzt lasse ich mich von diesem Typen auch noch einlullen. Es gibt gar keinen Himmel auf diesem Bild. Dieser Mensch hat wirklich einen Dachschaden. Verdammt, Frieda, wo bist du?

„Ah, Monsieur Binoche", Küsschen links, Küsschen rechts, „wie schön, Sie zu sehen." Frieda. Endlich.

„Bonjour, ma chérie, ich habe mich sehr angeregt mit der Künstlerin unterhalten." Wieso zwinkert Frieda mir jetzt zu? Was hat das alles zu bedeuten?

„Monsieur Binoche, konnten Sie sich für ein, zwei oder gar drei Exponate erwärmen? Für Ihre Privatsammlung wären sie eine Bereicherung."

„Naturellement. Der „Tod im Nebel" und auch dieses wunderbare Bahnhof-Bild würde ich sehr gerne mein Eigen nennen. Ein Blick auf die Preisliste hat mir verraten, dass ich sie mir durchaus leisten kann. Aber natürlich nur, wenn die Künstlerin sich von ihren Werken trennen kann."

„Wunderbar, mein Lieber. Für das Geschäftliche allerdings sollten wir uns zurückziehen." Woher kennt Frieda bloß diesen Vogel? Egal. Er will gleich zwei Bilder von mir kaufen. Sehr gut. Schließlich müssen noch ein paar Rechnungen bezahlt werden. „Liebes, entschuldige uns, wir haben zu tun", flötet Frieda und schon wieder zwinkert sie mir zu. Seltsam. Die beiden verschwinden im Büro der Galerie, und meine Socken rutschen noch ein Stück weiter. Die Ausstellungsbesucher stehen in Gruppen zusammen, unterhalten sich. Mir ist es egal, worüber. Langsam bewege ich mich Richtung Ausgang. Jetzt eine Zigarette. Und dann vielleicht heimlich verdrücken. Soll Frieda doch diese Veranstaltung schmeißen. Ist schließlich ihr Job. Die Künstlerin ist unpässlich. Nur noch ein paar Meter bis zur Tür nach draußen.

„Es ist immer wieder ein Vergnügen, mit Ihnen Geschäfte zu machen, Monsieur Binoche. Beehren Sie uns bald wieder." Was? Alles schon unter Dach und Fach? So schnell? Frieda ist wahrhaftig ein Verkaufsgenie. Da geht er, dieser seltsame Kauz. In seinen viel zu kurzen Hosen, dem Mantel, der glücklicherweise so dunkel ist, dass man die Flecken darauf nur bei näherer Betrachtung erkennen kann, und dem karierten Hut, der mindestens zwei Nummern größer sein dürfte. Allerdings lässt sein federnder Gang vermuten, dass er zufrieden ist. Äußerst zufrieden.

„Na, meine Liebe? Wir können wirklich stolz auf uns sein. Die Bilder hat er gekauft."

„Waren das auch wirklich meine? Schließlich habe ich keine Ahnung, wovon er eigentlich sprach. Dämonen im Nebel …Tsss … Der Typ hat doch einen Sockenschuss."

„Keineswegs, Liebes. Na ja, vielleicht doch. Aber Hermann Dintner, so ist sein richtiger Name, kann sich nur für Kunst erwärmen, wenn er in die Rolle eines anderen schlüpft, seiner Fantasie freien Lauf lässt und Geschichten erfindet. Du musst wissen: Hermann Dintner ist Schriftsteller und mein Nachbar."

„Hermann Dintner? Du meinst doch nicht etwa den Horror-Dintner?"

„Genau der. Deine Bilder, Liebes, dienen der Inspiration für sein nächstes Buch."

„Wow." Zu mehr reicht es in diesem Moment nicht. Horror-Dintner inspiriert von meinen Bildern. Allerdings weiß ich nicht so recht, ob das wirklich ein Kompliment für mich ist, wenn Horror-Dintner Dämonen im Nebel sieht. Der Sockenwulst in meinem rechten Schuh holt mich in die Wirklichkeit zurück. Das ist der reale Horror.

„Und er kann sich wirklich die Bilder leisten?" Ich zweifele immer noch daran, dass jemand mit

Horrorgeschichten so viel Geld verdienen kann. Frieda lacht.

„Du glaubst gar nicht, wie viele Fans er hat. Spritzendes Blut und rollende Köpfe scheinen irgendwie – na, sagen wir mal, eine erotisierende Wirkung auf einen bestimmten Leserkreis zu haben. Nun komm. Wir mischen uns wieder unter das Volk." Sie lässt mich stehen. Wie sie es immer tut. Vorsichtig setze ich einen Fuß vor den anderen und mache mich auf den Weg zu den Toiletten. Ich muss unbedingt meine Socken richten.

Paula

Paula entriegelte zuerst das obere und danach das untere Sicherheitsschloss. Dann öffnete sie vorsichtig die Wohnungstür. So machte sie es immer. Zumindest seit dem zweiten Weihnachtstag vor drei Jahren. Bis dahin hatte ihre Wohnungstür keine Sicherheitsschlösser gehabt. Eine Tatsache, für die sie teuer bezahlt hatte. Paula betrat ihre Wohnung. Langsam. Leise. Auf Zehenspitzen. Hielt kurz inne. Lauschte. Nichts. Dann endlich ließ sie die Luft aus ihren Lungen weichen. Schnell schloss sie die Tür hinter sich und verriegelte die Schlösser. Sie streifte die Pumps von ihren schmerzenden Füßen, hängte den Mantel an die Garderobe und ging zum Schlafzimmer. Nur raus aus diesen Klamotten, dachte sie und öffnete bereits auf dem Weg dorthin die Knöpfe an ihrer Bluse. Plötzlich begann ihr Herz zu rasen und das Blut pulsierte in ihren Schläfen. Das Atmen fiel ihr schwer. Sie schwankte. Nein, dachte sie, nicht jetzt. Ruhig bleiben. Durchatmen. Doch wie so oft schaffte sie es nicht, sich selbst zu beruhigen. Als sie wieder zu sich kam, lag sie auf ihrem Bett. Hatte sie es tatsächlich noch bis zu ihrem Schlafzimmer geschafft? Sie konnte sich nicht erinnern. Paula konzentrierte sich auf ihre Atmung, dann auf die

Stille in ihrer Wohnung. Eine Stille, die lautstark versuchte, auf etwas Bedrohliches hinzuweisen. Aus der Ferne grollte ein Donner, dunkle Wolken schoben sich vor die Sterne. Paula tastete nach dem Schalter ihrer Nachttischlampe. Als sie ihn endlich fand und ihr Schlafzimmer kurz darauf in warmes Licht getaucht wurde, fühlte sie sich sofort wohler. Ein Bad würde ihr jetzt guttun, ihre Nerven beruhigen. Mit zittrigen Beinen erhob sie sich und trat hinaus auf den Flur. Und dann spürte sie es. Nicht mehr als ein Hauch, ein Luftzug, leicht und zart und doch ... Paula erstarrte. War es damals nicht genauso gewesen? Diese Stille, das Donnergrollen, das ... angepustet werden? Erschrocken drehte sie sich um und für einen Augenblick schien die Welt still zu stehen. Wie damals stand er da und grinste sie an. Wie damals hatte er die schwarze Mütze tief in die Stirn gezogen. Wie damals blitzte das Messer in seiner linken Hand.

„Guten Abend, Paula", wisperte er, „wie schön, dich wiederzusehen. So lange habe ich darauf gewartet."

Paula stand regungslos da, unfähig sich zu bewegen und starrte auf die drei Knasttränen, die seinen rechten Wangenknochen zierten. Seit damals war also noch ein hinzugekommen. Was immer das auch bedeutete, Paula wollte es nicht wissen. Er trat einen Schritt auf sie zu.

„Hast du mich vermisst? Sicher hast du das. Unsere Nacht war schließlich … einzigartig, nicht wahr?"

„Was wollen Sie?" War das wirklich ihre Stimme gewesen?

„Was ich will? Paula, Paula, was für eine Frage."

Nun stand er direkt vor ihr. Sie konnte ihn riechen. Ein Geruch, der Bilder in ihr hervorrief. Bilder, die sie hatte vergessen wollen. Bilder, die doch immer präsent gewesen waren. Übelkeit stieg in ihr hoch, verstärkte sich, als seine spröden Lippen über ihre Stirn strichen. Und dann der Schmerz. Blitzschnell hatte er nach Paulas Haaren in ihrem Nacken gegriffen und riss ihren Kopf nach hinten.

„Nun, Paula? Keine Tränen? Kein Betteln? Was ist los mit dir?" Er zog noch fester an ihren Haaren. Doch Paula biss die Zähne zusammen. Kein Laut entfuhr ihren Lippen.

„Du miese kleine Schlampe. Du wirst mir schon noch den Gefallen tun." Er strich mit der Messerspitze über ihr Gesicht. Dann über ihren Hals, ihr Schlüsselbein, weiter zu ihren Brüsten. Dort verstärkte er den Druck des Messers. Paula stockte der Atem. Ihr Herz raste und sie befürchtete und wünschte sich zugleich ohnmächtig zu werden. Er drängte sie zurück ins Schlafzimmer, schlug ihr mit dem Handrücken ins Gesicht. Paula konnte sich nicht halten, taumelte rückwärts, verlor das Gleichgewicht und fiel auf das Bett.

„Du kannst es wohl kaum erwarten, was?" Er grinste. Paula brachte kein Wort heraus, sie konnte nicht einmal mehr atmen. Nicht noch einmal, dachte sie, bitte, nicht noch einmal. Dieses Mal, so war sie sich sicher, würde sie es nicht überleben. Wie damals hockte er sich auf sie, befingerte sie grob, riss an ihrem Rock, zerschnitt die Träger ihres Büstenhalters und genau wie damals schlug er immer wieder mit dem Handrücken quer über ihr Gesicht.

„Bettle, Schlampe, bitte mich, sag' mir, dass du es kaum erwarten kannst."

Doch Paula wusste, wenn sie tat, was er von ihr verlangte, würde es ihr nicht helfen. Und wenn sie ihn anflehen würde aufzuhören, hätte sie verloren. Sollte er sie doch totprügeln. Immer noch besser als das, was ihr bevorstand. Plötzlich hielt er inne und es dauerte einen Augenblick, bis Paula verstand, warum. Seine Augen stierten wild auf Paulas nackte Brüste während er den Gürtel an seiner Hose öffnete. Nein, schrie eine Stimme in ihr, doch kein Laut kam über ihre Lippen. Nein, nicht noch einmal. Nicht schon wieder. Voller Entsetzen versuchte sie sich zu befreien, doch seine nach Tabak stinkenden Finger schlossen sich über ihren Mund und ihre Nase. Sie rang nach Luft. Und dann wurde es dunkel um sie herum.

Jemand hatte ihren Kopf gegriffen und schlug ihn immer wieder auf den Steinboden, auf dem sie lag.

Sie versuchte den Angreifer abzuwehren, doch griff immer wieder ins Leere. Als sie mühsam ihre Augen öffnete, drangen grellweiße Blitze tief in ihren Kopf und drohten ihr Gehirn zu zerteilen. Es dauerte eine Weile bis sie realisierte, dass sie alleine war. Ihr Mund war trocken, das Schlucken hinterließ wunde Stellen in ihrer Kehle. Vorsichtig sah sie sich um. Der vertraute Anblick ihrer Kommode, auf der ihr Telefon lag, die Garderobe, an der ihr Mantel hing, ihre Schuhe neben ihrer Hüfte, als das ließen ihre Nerven ruhiger werden. Es war also wieder passiert. Langsam richtete Paula sich auf. In ihrem Kopf hämmerte ein Presslufthammer. Schwerfällig stand sie auf und wankte ins Badezimmer. Dort klappte sie den Toilettendeckel hoch, ging vor der Schüssel auf die Knie und erbrach sich. Leise, undramatisch, routiniert. Wie jedes Mal, wenn die Vergangenheit sie eingeholt hatte. Ich brauche Hilfe, dachte sie, als sie das Wasser in der Dusche aufdrehte. Morgen ... morgen werde ich mich darum kümmern. Doch als sie sich entkleidete, wusste sie, dass das Tageslicht genau das verhindern würde.

Abschied

„Wann packst du?" Eigentlich erübrigte sich die Frage. Lars hatte bereits die beiden großen Koffer auf seinem Bett abgelegt und ein paar Kleidungsstücke lagen ordentlich gestapelt daneben. Ich knibbelte an meiner Nagelhaut.

„Wie du siehst, bin ich dabei. Viel nehme ich nicht mit. Alles nur Ballast."

Ballast! Ich schluckte. Mehrmals. Kurz hintereinander. Doch der Kloß in meinem Hals wollte nicht verschwinden. Ballast! War ich auch Ballast? Etwas, das man einfach zurückließ und auch noch froh darüber war?

„Ich brauche nicht lange. Und wenn ich fertig bin, haben wir noch genügend Zeit, etwas Tolles zu unternehmen."

Ich schwieg. Ich war mir nicht sicher, ob es wirklich mein Bruder war, der da sprach. Konnte er tatsächlich so herzlos sein? So ignorant? Sah er denn nicht, wie sehr ich litt? Kannte er mich so wenig? Ich kämpfte mit den Tränen.

„Schau mal." Lars kramte in seiner Schreibtischschublade und holte ein paar Fotos hervor. Dann kam er auf mich zu und hielt sie mir vor die Nase.

„Hier werde ich wohnen. Gefällt's dir?"

Ich wollte nicht hinsehen und tat es doch.

„Das wird super. New York. Hase, kannst du dir das vorstellen? Dein Bruder in New York."

Ja, mein Bruder in New York. Und ich hier. Ohne ihn. Ohne meinem besten Freund, meinem Beschützer, meinem großen Bruder. Den wichtigsten Menschen in meinem kurzen Leben. Warum blieb er nicht einfach hier? New York konnte doch gar nicht so toll sein.

„Und wenn ich dir verspreche, nicht mehr an deine Sachen zu gehen, bleibst du dann hier?" Ein kläglicher Versuch. Ich wusste es.

„Hase … Ich komme doch wieder. Ein Jahr geht schnell vorbei."

Ein Jahr. Er würde an Weihnachten nicht zu Hause sein, auf meinem Geburtstag und sogar zu meiner heiligen Kommunion. Es tat so weh. Dann brach es aus mir heraus.

„Du bist so gemein." Ich schleuderte ihm mit aller Wucht die Worte entgegen, drehte ihm den Rücken zu und lief aus dem Zimmer. Hinaus in den Garten, zu meinem Baumhaus. Lars hatte es mir gebaut. Ich kletterte die Strickleiter hinauf und zog sie hinter mir hoch. Lars war mir gefolgt und stand nun vor der alten Eiche. Er schaute zu mir hinauf.

„Hase … Nun sei doch nicht traurig", hörte ich ihn sagen.

Ich antwortete nicht. Ich würde so lange hier in meinem Baumhaus bleiben, bis er einsah, dass er hier bleiben musste.

„Bitte, Alina, komm wieder runter." Er versuchte es noch eine Weile, aber ich ignorierte ihn. Dann ging er zurück ins Haus. Stunden vergingen. Ich hatte Hunger. Ich hatte Durst. Aber ich war fest entschlossen, meinen Baumhaus-Sitzstreik durchzuhalten. Als es dämmerte kamen meine Eltern und Lars zur alten Eiche.

„Kind, komm runter. Wir wollen Lars zusammen zum Flughafen bringen", sagte mein Vater.

Ich antwortete nicht.

„Alina-Schätzchen, bitte", sagte meine Mutter.

Ich antwortete immer noch nicht. Meine Eltern tuschelten miteinander und dann kehrten auch sie ins Haus zurück.

„Hase, wir müssen jetzt fahren. Willst du dich wirklich nicht von mir verabschieden?" Lars Stimme klang traurig. Er musste nicht traurig sein. Er brauchte einfach nur hier zu bleiben. Warum verstand er das nicht? Es war doch so einfach. Aber er blieb nicht. Er ging. Kurze Zeit später hörte ich, wie das Auto startete. Jetzt brachten meine Eltern Lars zum Flughafen. Ohne mich. Und wenn sie zurückkamen, war Lars nicht mehr hier. Ich fühlte mich unendlich alleine. Ich kletterte von meinem Baumhaus, ging ins Haus, in mein Zimmer, in mein Bett. Und dann träumte ich von Lars.

Einer dieser Tage

Während ich meine Bürotür aufschließe, höre ich es klingeln. Das Telefon. Morgens um sieben. Der Tag fängt ja schon gut an. Ich beschließe, den Anruf zu ignorieren, ziehe meinen Mantel aus, hänge ihn in den Garderobenschrank und starte den Computer. Es klingelt immer noch. Das Telefon. Und ich ignoriere immer noch. Das kann ich gut. Mit dem Wasserkocher mache ich mich auf den Weg zur Teeküche. Irgendwann wird der Anrufer merken, dass ich noch nicht da bin. Jetzt zuerst einmal Tee kochen. Vorher läuft gar nichts. Wie immer an einem dieser Tage. Zurück am Schreibtisch öffne ich den ersten Aktendeckel. Ich starre auf meinen am Tage zuvor mühsam gefertigten Bericht. Der Bericht starrt zurück. Gequält, misshandelt, vorwurfsvoll. Aus malträtierten Sätzen quillt lila Tinte. Nicht nur die Worte wurden verletzt, auch die Sinnhaftigkeit. Aus Fakten wurden Halbwahrheiten. Weiche Formulierungen, die Interpretationen in alle Richtungen zulassen. Ich spüre meinen Puls in der Halsschlagader. Mir wird heiß. Inakzeptabel. Absolut. Dann ... Wieder das Telefon. Ich mache mir erst gar nicht die Mühe, mich mit Namen zu melden. Ein knappes *Ja* muss genügen. Mein Chef versucht sich zu erklären. Nur ein paar kleine Änderungen, sagt er. Insgesamt ein sehr guter Bericht, sagt er. Allerdings zu lang, zu ausführlich, zu viele Details, sagt er. Meines Erachtens wichtige Details, die es nicht verdient haben, ausgelöscht zu werden. Nicht so. Nicht auf diese Weise. Ich sage es ihm. Mein Ton ist streng, meine Stimme bebt. Freundlich ist anders. Egal. Wir diskutieren. Ergebnislos. Ich bin keine einfache Mitarbeiterin. Nochmal egal. Langsam schlägt die Stimmung um. Der Führungsstil wechselt von kooperativ zu autoritär. Allerdings bin ich zu lange im Geschäft, als dass mich so etwas beeindrucken könnte. Das Telefonat ist für mich hiermit beendet. Ich lege auf. Dann drucke ich meinen Bericht noch einmal aus, ohne Änderungen. Das wäre doch gelacht. Ich bin zufrieden.

Es klopft. Kollege Brenner braucht Hilfe. Wieder einmal. Er lernt es nie. Wenn ich ihn wenigstens mögen würde. Zum siebenunddreißigsten Mal erkläre ich ihm unsere Arbeit. Bei meinen Ausführungen nickt er ständig mit dem Kopf. Ganz synchron mit meinen Worten. Ein Talent, das nicht jeder besitzt. Wenigstens hält er sich mir gegenüber mit seinen sonst üblichen dummen Sprüchen zurück.

Wieder klingelt das Telefon. Kollege Brenner zieht sich zurück. Ich telefoniere. Ich schreibe. Ich drucke. Kurzum: Ich arbeite. Dann ein kurzes Klopfen an der Tür und mein Chef steht vor meinem Schreibtisch. Ob ich die Änderungen vorgenommen hätte, will er wissen. Nein, habe ich nicht. Werde ich auch nicht. Diese Änderungen grenzen an Manipulation. Er droht mir. Abmahnung, Versetzung sind die Worte, die hängen bleiben. Ich zwinge mich zur Ruhe. Das kann er nicht von mir verlangen. Keine Chance. Ich werde meine Unterschrift nicht darunter setzen. Ein kläglicher Versuch, das Unheil abzuwenden. Er unterzeichnet, sagt er. Ich soll nur die Schreibarbeiten für ihn erledigen. Also ändere ich doch den Bericht. Widerwillig. Angewidert. Wieder einmal. Dieser tägliche Aufenthalt in der Grauzone zermürbt mich. Wie lange will ich das noch mitmachen? Den Spiegel in meinem Garderobenschrank habe ich längst verhangen. Wie bei Medusa würde ich bei meinem eigenen Anblick versteinern. Schlimmer noch: Zu Staub zerfallen. Ich seufze. Zuerst einmal aufs Klo. Kollege Brenner grinst mich frech an, als ich auf den Flur trete. So eine Schnieptröte. Ich würdige ihn keines Blickes und gehe an ihm vorbei. Auf dem Klo bleibe ich zunächst einmal eine Weile sitzen. Ob heute der geeignete Kündigungstag ist? Bestimmt. Ich werde das bereits verfasste Kündigungsschreiben aus meinem Büro holen und damit geradewegs zum Chef marschieren. Ich lege, nein, ich werfe es ihm auf den Schreibtisch, wünsche ihm ein angenehmes Leben und mache auf dem Absatz kehrt, verlasse die Abteilung, das Gebäude, die

Firma. Auf nimmer wiedersehen. Ja. So mache ich es. Am Waschbecken treffe ich Lotta. Sie ist immer so fröhlich. Ich mag sie. Sehr sogar. Wie wäre es mit einem Kaffee, fragt sie und lächelt mich an. So liebenswürdig. So unbeschwert. Ja, gerne. Nimm es nicht so schwer. Der Kasperl-Verein ist es nicht wert. Es gibt sehr viel Wichtigeres. Wo sie Recht hat, hat sie Recht. Das mit der Kündigung vertage ich erst einmal. Wie schon so oft. Und ich weiß genau: Nach dem Kaffee mit Lotta ist alles halb so schlimm.

Der Duft meiner Stadt

Ich setze mich auf eine Bank und atme den Duft meiner Stadt. Über zwanzig Jahre lebe ich nicht mehr hier und doch ist es meine Stadt. Ich schließe die Augen. Gesprächsfetzen drängen sich in meine Ohren. Nur der Autolärm versucht es zu verhindern. Kölsche Töne mit türkischem Akzent. Oder polnisch. Oder russisch. Was weiß ich. Nur das Lachen ist in jeder Sprache gleich. Eine junge Frau spricht mich an. Kannste mir mal helfen? Dabei schiebt sie mir ihren Rucksack entgegen. Festhalten soll ich ihn. Darauf aufpassen, während sie sich am nahen Kiosk Zigaretten kauft. So selbstverständlich werde ich geduzt. Ich fühle mich jung. Dazugehörig. Das ist der Klang meiner Stadt. Meine Einsamkeit hat sich verabschiedet, ist irgendwo auf der Strecke geblieben. Die Sonne scheint und tut ihr Übriges. Menschen wuseln um mich herum. Mülleimer werden nach Pfandflaschen durchsucht. Ganz routiniert, fast ohne Scham. Auch das ist meine Stadt. Straßenmusikanten. Das Publikum tanzt und singt mit. Inmitten dieser Lebensfreude knutscht ein Pärchen. Sinnliches Köln. Die junge Frau hat ihren Rucksack abgeholt. Ein Mann im fortgeschrittenen Alter mit Hut und Sandalen setzt sich neben mich. Erzählt mir von seinem Schmerz.

Seine Frau ist vor kurzem gestorben. Dat Mädche hätt jelidde. Esu es et besser. Ävver ich bin allein. Dann steht er auf und geht. Grußlos. Einfach so. Erneut schließe ich meine Augen und atme den Duft meiner Stadt. Ewig könnte ich hier sitzen. Doch es wird Zeit. Der Alltag ruft. Schweren Herzens mache ich mich auf den Weg zum Bahnhof.

Der geplatzte Traum

Ich betrete das *Starlight*. Derzeit der angesagteste Club in Köln. Auf den ersten Blick unterscheidet er sich allerdings nicht von anderen Clubs, die ich im Laufe meines Lebens kennengelernt habe. Lichtblitze. Nebel. Bunte Laserstrahlen. Ein Höllenlärm. Techno. Gar nicht meins. Was soll's. Ich kämpfe mich durch zuckende und schwitzende Körper in Richtung Theke, wo ich Champagner bestelle. Langsam gewöhnen sich meine Augen und Ohren an die Umgebung. Ich schaue mich um. Mein Blick bleibt an einer Frau hängen, die mir bekannt vorkommt. Sie ist schön. Blonde, schulterlange Haare, dunkle Augen, High Heels, rosafarbenes Spaghettiträger-Kleid, ultrakurz, dafür aus Spitze. Prada, Größe 34, schätze ich. Ich nippe an meinem Champagner. Mehr als ein Glas kann ich mir in diesem Laden nicht leisten. Noch nicht. Ich beobachte weiter diese blonde Schönheit. Woher kenne ich sie bloß? In der Kanzlei war sie jedenfalls nicht gewesen. Das wüsste ich. Ich erinnere mich nämlich an alle meine Klienten. Plötzlich weiß ich es. Cheyenne von Bodenstein-Ahlers, die einzige Tochter einer der wohl reichsten Familien in ganz Europa. Ich muss sie kennenlernen. Unbedingt.

Das ist meine Chance. Da kommt sie. Wenn sie jetzt etwas bestellt, dann werde ich …

„Pass doch auf", herrscht sie mich an. Erschrocken sehe ich den Fleck auf ihrem Kleid. Ich habe gar nicht gemerkt, dass ich sie angestoßen habe.

„Oh, oh …" Immer wenn ich in unangenehme Situationen gerate, fange ich an zu stammeln. Schlagfertigkeit? Mitnichten.

„Entschuldigung", bringe ich mühsam hervor. „Ich komme natürlich für den Schaden auf. Vielleicht mögen Sie einen Champagner mit mir trinken? So als kleine Entschädigung." Was das wohl kosten wird? Adieu, geliebtes Cartier-Love-Bracelet aus Weißgold, das wird wohl doch noch nichts mit uns beiden. Cheyenne von Bodenstein-Ahlers lacht verächtlich auf. So richtig fies. Ich bin ein wenig erstaunt, denn so ein herablassendes Lachen passt überhaupt nicht zu ihrer zierlichen Erscheinung. Sie tritt einen Schritt zurück und legt ihre Hand auf die Theke, sodass ich nicht umhin komme, ihren Cartier-Ring zu bewundern. Im Gegenzug mustert sie mich. Von oben bis unten. Mir wird heiß. Ganz besonders im Gesicht. Auch das noch. Dem Himmel sei Dank ist es dunkel genug, als dass irgendwer mein Erröten sehen könnte. Hoffentlich.

„Ich kenne eine gute Reinigung. Die bekommen das bestimmt wieder hin", stammele ich, während ich ihr wie ein hechelnder krummbeiniger Mops zu den Waschräumen folge. Außer einem Schnauben höre ich nichts von ihr. Dafür aber immer noch diese schreckliche Techno-Mucke, die glücklicherweise in dem Gang zu den Toiletten etwas gedämpfter in die Ohren dringt.

„Kann ich Ihnen vielleicht helfen?"

Abrupt bleibt sie stehen und dreht sich zu mir um.

„Lauf mir nicht die ganze Zeit hinterher. Was willst du? Stehst du auf Frauen, oder was? Lass mich einfach in Ruhe, okay?"

Ich spüre meinen Pulsschlag in den Schläfen. Das kenne ich schon. Das ist die Wut, die anklopft und hinaus will. Bevor ich etwas antworten kann, geht sie schon weiter, öffnet die Tür zum Waschraum, die sie mir vor der Nase zufallen lässt. Ich atme zweimal tief durch und folge ihr. Da steht sie und versucht, den Cocktail, oder was auch immer sie in ihrem Glas hatte, aus ihrem Kleid zu waschen. Doch je mehr sie reibt, desto größer wird der Fleck, verfärbt sich rosarot – eigentlich passend zu ihrem Kleid – und leuchtet vom Schambein bis zum Saum.

„Was ist denn noch?", herrscht sie mich an.

„Vielleicht kann ich helfen." Ich mache einen Schritt auf sie zu. Sie lacht auf. Kurz und trocken.

„Das hätte ich mir gleich denken können. Eine Landpomeranze mit Reinigungserfahrung. Ich frage mich, wie du ins *Starlight* gekommen bist."

„Entschuldige mal, ich wollte nur freundlich sein."

„Freundlich? Reicht es nicht, dass du mein Kleid ruiniert hast? Ach was, egal. Aber so kann ich nicht rumlaufen. Schließlich muss ich jederzeit mit den Paparazzi rechnen."

„Wir könnten unsere Kleider tauschen." Bin ich noch ganz bei Trost? Das passt nie und nimmer.

„Lass mal. Dein Billigfummel ist mir eh zu groß." Abschätzig begutachtet sie mein teuerstes Kleid. Immerhin Chanel. Zugegeben, im Vergleich zu ihrem rosafarbenen Fähnchen erscheint meines ziemlich bieder.

"Ach, was soll's. Ich lasse mir ein anderes Kleid bringen. So lange bleibe ich hier." Sie zieht ihr Handy aus der winzigen, mit Perlen besetzten Abendtasche und ich wundere mich darüber, wie ihr Smartphone de luxe XXL darin Platz finden konnte.

„Scheiße", sagt sie. Für ein Sternchen am Societyhimmel bestimmt nicht angemessen. „Mein Handy hast du auch ruiniert."

„Ich?" Das war mir nun wirklich nicht bewusst. Aber ich lenke ein.

„Du kannst mit meinem telefonieren", biete ich ihr an.

„Gib schon her." Sie schnappt sich mein Telefon und gibt eine Nummer ein. Während sie darauf wartet, dass jemand ihren Anruf entgegennimmt, stehe ich wie angewurzelt vor ihr. Das läuft nicht gut. Gar nicht gut. Wenn ich die Situation nicht

noch retten kann, dann ist mein Traum ausge-
träumt. Sie wird mich fertigmachen. Und wenn sie
herausfindet, dass ich Anwältin bin, kann ich zu-
künftig das Ehepaar Meier aus der Fleischerei in
Köln-Kalk anwaltlich vertreten. Das war's dann.
St.-Tropez adé. Nein, Cheyenne von Bodenstein-
Ahlers, du wirst mir meinen Traum nicht zerstören.
Du nicht.

„Was glotzt du so? Wolltest du nicht Champagner
holen?"

Wortlos wende ich mich zum Gehen, und noch ehe
ich die Tür erreicht habe, höre ich sie noch einmal.
Ich bleibe kurz stehen, drehe mich aber nicht um.

„Bring am besten eine ganze Flasche mit. Es kann
noch etwas dauern mit meinem Ersatzkleid."

Ich gehe. Zähle die Schritte und atme dabei
gleichmäßig ein und aus. Als ich die Theke erreiche,
hat sich mein Pulsschlag etwas beruhigt. Doch als
ich meine Kreditkarte über den Tresen reiche,
krampft mein Magen. Ich hole tief Luft, schnappe
mir die Flasche und zwei Gläser und gehe zurück
zu den Waschräumen. Siebenundsechzig Schritte.
Ich zähle sie erneut.

„Na endlich." Cheyenne hat sich auf einem der
pinkfarbenen Plüschhocker vor dem großen
Schminkspiegel mit vergoldetem Rahmen nieder-
gelassen. Sie schnippt mit den Fingern und winkt
mich zu sich heran. Ich fülle beide Gläser und reiche ihr eines.

„Wird dir jemand ein anderes Kleid bringen?" Sie ist wirklich eine Schönheit.

„Was geht's dich an." Täusche ich mich, oder ist ihre Stimme tatsächlich sanfter geworden? Ich setze mich auf den Hocker neben ihr und nippe an meinem Champagner. Schweigen. Hinter uns öffnet und schließt sich die Tür. Absätze klackern auf dem Marmorboden. Wasserhähne werden auf- und zugedreht.

„Vermissen deine Freunde dich nicht, wenn du so lange hier bist?"

„Freunde. Wer oder was sind schon Freunde."

Jetzt weiß ich wirklich nicht mehr, was ich sagen soll. Sie trinkt hastig mit großen Schlucken. Ich nippe. Schweigen. Wären da nicht die Gesprächsfetzen der anderen Frauen, das Gelächter und das Kichern, würde die eisige Stille fühlbar sein. Ich schenke zum dritten Mal nach und frage mich, was ich hier eigentlich mache.

„Ich bin Jenny."

„Aha", antwortet sie, ignoriert meine dargebotene Hand und hält mir stattdessen erneut ihr leeres Glas entgegen. Ich fülle nach. Dabei werfe ich einen kurzen Blick auf meine Armbanduhr. Kurz nach Mitternacht. Cheyenne ist betrunken. Und dann kullern Tränen über ihr Gesicht. Ihr Gesicht, so zart, so anmutig, so wunderschön.

„Verklag ihn."

„Was weißt du schon."

„Ich lese Zeitung."

Sie schnaubt verächtlich. „Die Madame vom Lande weiß also Bescheid."

„Du hättest wirklich gute Chancen."

„Woher willst du das wissen? Kochst du irgendwelchen Land-Anwälten Kaffee?"

„Ich bin Scheidungsanwältin."

Cheyenne schaut mir direkt in die Augen. Forschend. Verwundert. Verdammt. Ich kann einfach nicht meine Klappe halten.

„Du witterst wohl das große Geld. Oder willst du auch mal von der Klatschpresse zerrissen werden?"

Ich antworte nicht. Lasse ihr Zeit. Eine Strategie, die sich bisher immer bewährt hat.

„Was schlägst du also vor?", fragt sie.

„Bin ich engagiert?" So langsam gewinne ich wieder die Oberhand.

„Okay. Aber ich warne dich. Wenn es nicht funktioniert, gehst du mit mir unter."

„Das wird nicht passieren." Hoffentlich. Ich rücke näher an sie heran und erläutere ihr meinen Plan. Ihre Tränen versiegen und ihre Augen beginnen zu leuchten, während ich ihr Pedros Untergang so schillernd wie möglich darlege.

„Fein, so machen wir es. Zufrieden schaut sie mich an.

„Du hast eine ausgeprägte Bauernschläue." Ich vergebe ihr die Stichelei. Es gibt jetzt wirklich wichtigeres.

„Pedro wird dich nie wieder demütigen." Ich frage mich, wie sie auf so einen Typen hereinfallen konnte. Gut aussehend, keine Frage. Aber sonst? Ein Gigolo. Eine Affäre nach der anderen. Geltungssüchtig. Verkauft die Geschichten seiner Eroberungen an die meist bietenden Zeitschriften. Ein Paradebeispiel von einem Schwein. Ich bin zufrieden. Es läuft. Ein hübsches Sümmchen wird sich bald auf meinem Konto befinden.

Eine zeitlos schöne Brünette im weißen Smoking betritt den Waschraum.

„Cheyenne. Hier steckst du also. Dein Ersatzkleid ist gerade angekommen."

Ich werde vom Haaransatz bis zu den Schuhspitzen begutachtet. Wieder einmal. Cheyenne macht sich nicht die Mühe, mich vorzustellen. Manieren hat sie nicht, dieses kleine Luder.

„Wo ist es?"

„Draußen."

„Hol es her." Den Befehlston hat sie drauf.

„Da musst du schon selber gehen, Schätzchen." Der weiße Smoking verschwindet in Richtung Toiletten. Cheyenne erhebt sich. Schwankend. Der Champagner zeigt Wirkung. Sie wendet sich Richtung Ausgang. Ich folge ihr und wir verlassen den Waschraum. Und dann ... Ich fasse es nicht. Pedro.

„Hey Baby, der Kleiderservice ist prompt zur Stelle. Wie du siehst, bin ich für dich da, wenn du mich brauchst."

Mein Blick wechselt von Pedro zu Cheyenne. Werden ihre Gesichtszüge weicher?

„Oh, Pedro …"

Mädchen, was machst du? Noch ehe ich begreife, was hier geschieht, steh ich inmitten von Blitzlichtern, die das knutschende Pärchen Cheyenne und Pedro einfangen. Jenny, das war's. Du hast verloren. Ich kann es immer noch nicht glauben. Endlich lösen sie sich voneinander. Pedro grinst mich an.

„Was ist?", fragt er mich, nicht einmal unfreundlich. Dann an Cheyenne gewandt: „Wer ist das? Willst du uns nicht vorstellen?"

„Irgend so ein Bauerntrampel. Anwältin. Wittert das große Geld. Sie könnte mir fast leidtun. Aber nur fast."

Wieder Blitzlichter. Mikros. Fragen. Aber dieses Mal bin ich diejenige, die für die Paparazzi interessant ist. Ich gehe. Verlasse den Club. Und am besten direkt die Stadt.

Raumforderung

Raumforderung. Ein Wort, das schwer durch den kleinen Raum der Notaufnahme wabert, jede Ecke, jeden Quadratzentimeter erfasst und ihr die Luft zum Atmen nimmt. Sophie merkt, dass sie hyperventiliert. Ihr wird schwindelig. Raumforderung. Was für ein Wort. Etwas fordert Raum. In seinem Gehirn. Nein. Dieses Etwas fordert nicht nur Raum. Dieses Etwas nimmt sich ihn. Rücksichtslos. Gnadenlos. Unwirklich. Was redet diese Ärztin? Das kann nicht sein. Sophie atmet tief ein und ganz langsam wieder aus. Der Schwindel verschwindet. Das ist alles ein Irrtum. Diese Frau hat keine Ahnung. Sophie schaut nach links. Dort sitzt ihr Mann. Der wichtigste Mensch in ihrem Leben. Sie schaut ihn an, wie er fast unbeteiligt die Ärztin anlächelt und nickt. Er scheint nicht zu begreifen. Raumforderung. Er sei müde, sagt er. Sophie ist hellwach. Nach dem Schwindel kommt nun die Übelkeit. Und dann die Bauchschmerzen. Die Ärztin redet und redet. Von Größe, Inoperabilität, Uniklinik, Tumorsprechstunde, Epilepsie, Sprachzentrum, Ödem. Doch das Einzige, was sich in ihrem eigenen Kopf festgesetzt hat, ist das Wort Raumforderung. Er hat die Raumforderung und sie das Wort. Also haben wir beide Raumforderungen, denkt sie. Und dann ist der Schwindel wieder da. Ein Pfleger bringt ein Bett. Ihr Mann legt sich hinein und ist sofort eingeschlafen. Ein Grand Mal erschöpft. Sie begleitet das Bett, in dem ihr Mann liegt, auf das Dreibettzimmer. Darin schlafen ein epileptischer 60-jähriger Junge und ein depressiver Türke, der, wie sie später feststellt, kein deutsch spricht. Aber Schnarchen ist international. Genau wie Krankheit und Leid. Sophie setzt sich auf den Stuhl neben dem Bett ihres Mannes und hält seine Hand. Er greift zu. Im Schlaf. Hält sie fest. Im Schlaf. Lässt sie nicht wieder los. Im Schlaf. Es wird eine lange Nacht werden, denkt sie. Und die Raumforderung ist allgegenwärtig.

Formular-Designer

Ich liebe Bürokratismus. Für alles und jedes muss ein Antrag gestellt werden. Um es den Bürgern zu vereinfachen, werden die unterschiedlichsten Formulare entworfen. Wahrscheinlich werden hierfür eigens Formular-Designer engagiert. Das wäre ich auch gerne. Ein Formular-Designer. Ich denke nämlich, dass diese Berufsgruppe keinerlei Kontrolle unterliegt. Alle Freigeister. Mit Sicherheit. Je wilder das Design, desto besser. Und wenn ich nicht mehr weiter weiß, dann frage ich mit dem Ergänzungsformular K 42 noch einmal die persönlichen Daten zum Formular F 36b ab. Sicher ist sicher. Wie hoch war nochmal Ihr Einkommen? Auf dem Formular B 817 ist noch Platz. Dort könnte ich diese noch einmal wunderbar einbauen. Einbetten in die Fragen nach der Häufigkeit der Eheschließungen und der Kinderzahl. Ist doch immer gut zu wissen, ob zukünftige Steuerzahler produziert werden. Außerdem wäre es doch schick für Antragstellungen Anträge zu stellen. So kommt der Bürger auch nicht aus der Übung. Ja, ich wäre gerne Formular-Designer. Das würde mir gefallen. Sie wollen ein monatliches Gehalt? Der Antrag G 1400 wäre dafür bestens geeignet. Herrlich. Den lieben langen Tag dürfte ich mich selbst verwalten und meinen wilden Formular-Fantasien freien Lauf lassen. Ich hätte keine Zeit mehr, mich mit belastenden Gedanken zu plagen, mich zu ärgern oder zu ängstigen. Denn für alles gäbe es Formulare, um entsprechende Anträge zu stellen. Sehr geehrter Herr Terrorist, Sie wollen ein Attentat verüben? Füllen Sie zunächst das Formular A 17c aus. Wenn Sie den politischen Grund hierfür angeben möchten, fahren Sie mit Formular P 13 fort und reichen diese dann bei der Meldestelle für korrektes Verhalten in Krisensituationen ein. Nach Bestätigung Ihrer Anfrage, steht Ihrem Vorhaben nichts mehr im Wege. Alles geregelt. Ja, Formular-Designer müsste man sein.

Adolf Scherberichs Disziplin

Heutzutage gibt es weder Disziplin noch Ordnung, dachte Adolf Scherberich, während er kopfschüttelnd die Zeitung blätterte. Früher war alles anders. Früher war alles besser. Damals, in seiner Jugend, konnten die Menschen in der Dunkelheit über die Straße gehen, ohne befürchten zu müssen, überfallen, vergewaltigt oder gar gemeuchelt zu werden. Aber heute ... Wieder schüttelte er den Kopf. Wie gut, dass er für sein Alter noch so rüstig war. Und die fehlende Jugend glich er kurzerhand mit seinem Gehstock aus, wenn es sein musste. Nein, zurückhaltend war er nicht, wenn es darum ging sich mit seinem Stock Respekt zu verschaffen. Seufzend legte er die Zeitung beiseite. Es war Dienstag und das bedeutete, dass er Maria – Gott hab sie selig – besuchen würde. Schließlich tat er das bereits seit achtzehn Jahren. Keinen Dienstag hatte er seither ausgelassen. Weder Wetter noch Krankheit hatten ihn davon abhalten können. Er wusste eben noch, was Disziplin bedeutete.
Prüfend betrachtete er sich im Spiegel. Maria hatte stets sein gepflegtes Äußeres gemocht. Den braunen Anzug hatte sie bei ihrer letzten Einkaufstour kurz vor ihrem Tod ausgesucht. Seitdem war er sein Dienstagsanzug. Das beige Hemd hatte er erst

kürzlich erworben, aber der braune Hut war ein Relikt aus Adolfs besten Jahren. Ohne ihn verließ er nur ungern die Wohnung.

Um 10.16 Uhr würde er in den Bus steigen, der um 10.54 Uhr am Südfriedhof stationierte. Somit hatte Adolf exakt eine Stunde, um mit Maria zu reden. Um Punkt 12.00 Uhr wurde er dann im Friedhofsrestaurant „Zur ewigen Ruh" zum Mittagessen erwartet. Ordnung musste sein. Früher wurde er mit „Schön, Sie zu sehen, Herr Scherberich" begrüßt. Das hatte ihm gefallen. Doch als die nächste Generation das Restaurant übernahm, gingen die Kinder der neuen Wirtsleute dazu über, ihn Opa Adolf zu nennen. Zuerst hatte ihm das missfallen. Aber bereits nach kurzer Zeit änderte er seine Meinung. Wenn die Kinder auf seinen Schoß kletterten und ihren Opa Adolf um eine Geschichte aus vergangenen Zeiten, und als sie älter wurden, um Geschichten aus dem Krieg baten, fühlte er sich gebraucht und weniger allein. Sein eigener Sohn hatte ja leider keine Kinder zustande gebracht. Und überhaupt. Karl war alles andere als ein Sohn, auf den man stolz sein konnte. Und seitdem Adolf wusste, dass Karl mit einem Mann zusammenlebte, hatte Adolf Scherberich keinen Sohn mehr.

Ein Blick auf die Kuckucksuhr im Flur neben dem Spiegel bedeutete ihm, dass es an der Zeit war, sich auf den Weg zur Bushaltestelle zu machen. Er schlüpfte in seine bequemen braunen Schuhe, nicht ohne missbilligend seine schwarzen Socken zu betrachten. Aber braune Socken waren ihm irgendwie abhandengekommen und er hatte es doch tatsächlich versäumt, neue zu besorgen. Für heute musste es auch so gehen. Er griff nach seinem Stock mit dem versilberten Knauf, steckte seinen Haustürschlüssel ein und machte sich auf den Weg zur Busstation.

Zehn Minuten später stand er an der Haltestelle und ärgerte sich. Wieder einmal kam der Bus zu spät. Adolf hasste Unpünktlichkeit. Ein Zeichen mangelnder Disziplin und fehlender Ordnung. Die Tugenden seiner Jugend galten heute nichts mehr. 10.19 Uhr. Drei Minuten Verspätung. Drei kostbare Minuten, die er weniger mit Maria verbringen konnte. Adolf spürte diese innere Hitze, die sich in seinem Magen ausbreitete. Bald, so wusste er, würde er innerlich in Flammen stehen. 10.21 Uhr. Nun waren es bereits fünf Minuten Verspätung. Adolf fühlte sich wie ein glühendes Brikett. 10.23 Uhr. Endlich. Der Bus bog um die Ecke und kam genau vor Adolf zum Stehen. Die Tür öffnete sich. Adolf Scherberich erklomm die hohen Stufen des Busses und baute sich vor dem Fahrer auf.

„Sieben Minuten Verspätung", sagte er.

Der Fahrer blickte ihn müde an und zuckte mit den Schultern.

„Sieben Minuten Verspätung", wiederholte Adolf. Sein Ton wurde schärfer.

„Was Sie wollen? Fahrkarte kaufen?"

„Himmelherrgott nochmal. Kein Wunder, dass die öffentlichen Verkehrsmittel die Pünktlichkeit verlernt haben. Orientalische Fahrer haben mit Uhrzeiten wenig zu schaffen, nicht wahr?", polterte Adolf nun los.

„Was Sie wollen? Ich nix pünktlich, wenn ich mit alte Männer muss streiten."

„Was heißt hier alte Männer? Und was heißt streiten? Mein lieber Mann, lernen Sie zuerst einmal die deutsche Sprache, bevor Sie die Fahrpläne boykottieren."

„Einsteige oder aussteige?"

„Ich bin bereits eingestiegen, wie Sie unschwer bemerkt haben müssten. Sie könnten schon längst losgefahren sein." Adolf kochte. Unsanft stieß er den versilberten Knauf seines Stockes gegen die Schulter des Busfahrers. Weil er spürte, dass ihm das guttat, ihn innerlich befreite, gleich noch einmal. Und noch einmal. Diesmal fester. Der Fahrer sprang auf und baute sich vor Adolf auf.

„Du verlasse Bus. Sofort", rief dieser aufgebracht.

„Oho. Nun sind wir also per Du. Wie du willst, mein kleiner arabischer Halunke. Was willst du jetzt tun?"

„Nun lassen Sie doch den Fahrer in Ruhe", ertönte es aus dem Bus. Erst jetzt registrierte Adolf Scherberich, dass es noch weitere Fahrgäste gab. Ein ältlich aussehender korpulenter Mann in Karls

Alter musste derjenige gewesen sein, der sich eingemischt hatte. Er war der einzige männliche Fahrgast. Sonst saßen noch zwei tuschelnde Hausfrauen in der letzten Sitzreihe und beobachteten die Auseinandersetzung mit großem Interesse. Weitere Personen waren nicht zugegen.

„Mischen Sie sich gefälligst nicht ein", herrschte Adolf den Fahrgast an. Seine Wut war nun neuerlich entfacht.

„Raus aus meine Bus, raus, raus." Auch der Fahrer konnte sich kaum mehr beruhigen, was Adolf Scherberich nun wirklich nicht ertragen konnte. Wie konnte diese Kreatur ihn des Busses verweisen? Unerhört. Und ehe er sein eigenes Handeln begreifen konnte, hatte er bereits den versilberten Knauf seines Stockes auf den Kopf des Fahrers geschlagen. Der Busfahrer sackte zusammen, verfehlte seinen Sitz und fiel auf den Boden direkt vor Adolfs Füße.

„Sind Sie wahnsinnig?" Wieder dieser aufdringliche Mensch aus dem Bus. Dann ging alles sehr schnell. Irgendwer hatte die Polizei gerufen, die ein paar Minuten später zeitgleich mit einem Rettungswagen eintraf. Die ganze Zeit über stand Adolf Scherberich bewegungslos da.

„Er hat mich provoziert", murmelte er, „er hat mich provoziert." Immer wieder sprach er zu sich selbst. Es beruhigte ihn. Nahm ihm Schuldgefühle und Scham. Und es war das erste Mal in achtzehn

Jahren, dass er seine Maria nicht an einem Dienstag besuchen würde.

Befreiender Schmerz

Als ich ihn kennenlernte, war sein rechtes Auge blutunterlaufen, seine Unterlippe geschwollen. Aus seiner Nase tropfte Blut. Ich starrte ihn an. Er faszinierte mich. Aber er machte mir auch Angst. Langsam ging ich auf ihn zu. Ob er Hilfe bräuchte, fragte ich. Ob ich jemanden für ihn anrufen solle. Sein Lächeln war zunächst nicht als solches zu erkennen. Meine angebotene Hilfe lehnte er ab. Höflich. Bestimmt. Er wolle nur nach Hause. Sich ausruhen. Er hätte einen schweren Kampf hinter sich. Das könne man wohl unschwer erkennen. Dann verzog er wiederum sein Gesicht zu einem Lächeln. Diesmal zeigte er mir dabei seine Zähne. Weiß, gerade und erstaunlicherweise vollständig. Er berührte dabei leicht meinen Arm. Ich schrak zurück. Unmerklich, wie ich dachte. Doch er hob beschwichtigend beide Hände. Morgen sei er wieder in der Gegend. Er würde sich freuen, wenn er mich zu einem Kaffee einladen dürfe. Er wolle sich für die angebotene aber keineswegs notwendige Hilfe bedanken. Er deutete auf das kleine Bistro vor dem wir standen. Um vier, frage er. Ich nickte. Dann ging er. Etwas schlurfend, wie mir auffiel. Mit der linken Hand hielt er seine rechte Seite. Ich schaute ihm nach. Wir hatten uns gar nicht vorgestellt. Wie er wohl hieße, fragte ich mich. Und vor allem, wer hatte ihn so zugerichtet?

Am nächsten Tag war ich eine viertel Stunde vor der verabredeten Zeit im Bistro. Ich fragte mich, was mich hierhertrieb. Ich war weder schwul, noch hatte ich Spaß an Prügeleien. Was war es dann? Was faszinierte mich so sehr an ihm? Während ich darüber nachdachte und meinen Kaffee trank, bog er um die Ecke und kam auf mich zu. Er begrüßte mich und setzte sich auf den Stuhl mir gegenüber. Dann winkte er den Kellner heran, zeigte fragend auf meine Tasse. Als ich nickte, bestellte er zwei Kaffee. Er lächelte mich an, hielt mir seine rechte Hand entgegen. Eine Hand mit Schürfwunden auf den Fingerknöcheln. Er habe sich noch gar nicht vorgestellt. Sein Name sei Sven. Ich griff vorsichtig nach seiner Hand. Moritz, antwortete ich. Ob es einen Box-Club in der Nähe gäbe, wollte ich wissen. Sven lachte. So etwas ähnliches, wich er mir aus. Sven hatte eine Art, die mich schnell verstummen ließ. Seine gesamte Erscheinung war pure Lebendigkeit. Auch wenn er bei vielen seiner Bewegungen schmerzvoll zusammenzuckte, so hatte ich noch nie zuvor jemanden mit solcher Energie, solcher Vitalität kennengelernt. Wir unterhielten uns, lernten uns kennen. Und wir verstanden uns auf Anhieb. Ich sei der Erste gewesen, der Notiz von seinen Verletzungen genommen habe. Er studiere Wirtschaftsinformatik und eines Tages solle er die Firma seines Vaters übernehmen. Allerdings wisse er nicht so genau, ob er das überhaupt wolle. Ich erzählte von meiner Verwaltungsausbildung. Aus einer Beamtenfamilie stammend, kam für mich keine andere Ausbildung in Frage. Klänge ziemlich langweilig, stellte Sven fest. Ich stimmte ihm zu. Dann lachten wir. Mit einem Mal wurde er ernst und schaute mich an. Eigentlich sei es traurig, wie wir uns instrumentalisieren ließen, sinnierte er. Ich nickte. Deshalb boxe er. Denn im Kampf könne er die wütende Bestie in ihm freilassen. Sich auspowern. Bis zur Erschöpfung. Und noch darüber hinaus. So lange, bis der körperliche Schmerz seine Gefühle beherrsche. Pures Adrenalin. Nur dann könne er spüren, dass er lebe. Ich starrte ihn an. Mit einem Mal beneidete ich ihn. Seine Worte klangen nach Freiheit, nach absoluter Befriedigung. Also doch ein Box-Club, wollte ich wissen. Sven nickte. Einer der privaten Art. Man zähle keine Runden. Alles sei erlaubt. Keine Regeln. Man kämpfe so lange, bis einer am Boden läge und nicht mehr aufstünde. Habe man dann noch nicht genug, stünde der nächste Gegner bereit.

Wann und wo, wollte ich wissen. Freitagnacht auf dem verlassenen Fabrikgelände hier am Ende der Straße.

Ich fieberte unserer Verabredung entgegen und konnte es kaum erwarten, diesen befreienden Schmerz zu spüren. Und dann war es endlich so weit. Ich machte mich auf den Weg zum alten Fabrikgebäude, überquerte dort den Hof und erklomm die bereitstehende Leiter, um auf die Plattform zu gelangen, wo die Kämpfe stattfinden sollten. Drei Fässer, die mit brennbarem Material befüllt und angezündet worden waren, tauchten die Plattform in flackerndes Licht. Sechs junge Männer, etwa in meinem Alter, waren bereits anwesend und unterhielten sich. Alle hatten Blessuren. Dann entdeckte ich Sven. Er stellte mich vor. An die Namen der anderen erinnere ich mich jedoch nicht mehr. Der erste Kampf begann. Während ich zusah, wurde ich immer unsicherer. Ob es die richtige Entscheidung gewesen war, hierher zu kommen? Worauf hatte ich mich eingelassen? Diese Brutalität. Das Gejohle. Die anfeuernden Rufe. All das war kaum zu ertragen. Ich hatte Angst. Ja, ich hatte die Hosen gestrichen voll. Warum sollte ich mich schlagen? Okay, mein Leben war nicht besonders aufregend. Bisher. Aber ich war noch jung. Es konnte noch viel passieren. Und es würde etwas passieren. Ich wusste es nur noch nicht. Endlich war der Kampf vorbei. Der rothaarige Junge hatte aufgegeben, indem er liegengeblieben war. Er hatte genug. Doch sein Gegner hatte nicht genug. Ein muskulöser Kerl, der alle anderen mindestens zwanzig Zentimeter überragte. Er kam auf mich zu, stieß mich gegen die Schulter. Wieder und wieder. Ich tat nichts. Weswegen ich hier sei, wollte er wissen. Ob ich eine Memme sei, ein Feigling. Mit Sicherheit sei ich ein Muttersöhnchen. Er provozierte mich. Heulsuse. Jammerlappen. Die anderen lachten. Auch Sven. Und als der bullige Typ mich so feste stieß, dass ich mich nicht mehr halten konnte und auf meinem Hintern landete, lachten sie noch lauter. Und dann, es ging alles sehr schnell, stand ich wieder auf meinen Füßen und ballte die Fäuste. Für jeden Schlag, den ich austeilte, musste ich zwei einstecken. Aber ich wollte nicht aufgeben. Noch hatte ich genügend Kraft. Noch hatte ich ausreichend Wut. Ich weiß nicht mehr, wie lange wir kämpften. Irgendwann kam der Zeitpunkt, an dem ich nichts mehr sah. Meine Augen mussten zugeschwollen sein. Immer häufiger schlug ich ins Leere. Dann packte mich jemand, zog mich in eine andere Richtung. Ich wehrte mich. Ich wollte nicht aufhören. Nie fühlte ich mich lebendiger als in diesem Augenblick. Ich taumelte. Ich versuchte das Gleichgewicht wieder zu erlangen, indem ich den linken Fuß nach hinten verlagerte. Doch da war — nichts. Ich konnte mich nicht mehr fangen und stürzte. Acht Meter in die Tiefe. Da lag ich nun. Schmerzen hatte ich nicht. Ich konnte mich nur nicht mehr bewegen. Auf einmal war Sven bei mir. Er habe einen Krankenwagen gerufen, aber er müsse jetzt verschwinden. Abhauen, bevor die Bullen kämen. Hilfe sei unterwegs. Dann war ich allein. Es kam mir wie eine Ewigkeit vor, bis die Rettung eintraf.

Ich habe niemanden verraten. Warum auch? Sven habe ich seitdem nicht mehr wiedergesehen. Insgeheim hatte ich gehofft, dass er mich im Krankenhaus besuchen möge. Ich war schließlich lange genug in dieser gottverfluchten Klinik. Es war verdammt hart. Ich hätte gerne mit ihm über alles geredet. Aber er blieb verschwunden.

In der alten Fabrik wird nicht mehr gekämpft. Glaube ich. Ich war dort. Nur nicht auf der Plattform. Mit dem Rollstuhl komme ich da nicht rauf. Sei's drum. Es spielt keine Rolle mehr.

Der Nerd

Er mochte sie nicht. Er hatte sie noch nie gemocht. Lisa, mit ihren langen blonden Haaren, den langen Wimpern und den noch längeren Beinen. Die betonte sie, indem sie Röcke trug, die schon fast unanständig waren. Lisa, der Star an der Uni. Jeder kannte sie. Jeder wollte sie. So auch Nils. Auch wenn er sie nicht mochte. Nils seufzte, schob mit dem Mittelfinger seine Brille zurecht, so dass sie – wenigstens für eine kurze Zeit – gerade auf seiner Nase saß. Er machte sich nicht die Mühe, sein Hemd in die Hose zu stecken, bevor er seinen braunen Lieblingspullunder überzog. Tante Martha hatte ihn vor ein paar Jahren gestrickt. Und er war treu und ergeben mit Nils zusammen länger und breiter geworden. Nils schüttelte den Kopf. Kleidung wurde seiner Meinung nach überbewertet. Labels kannten alle. Nur nicht das, worauf es ankam. Lernen an einer Universität? Blödsinn. Umso erstaunter war er gewesen, als ausgerechnet Lisa ihn um Nachhilfe gebeten hatte. Einfach so war sie vor zwei Wochen an seinen Tisch in der Mensa getreten, hatte ihn freundlich gegrüßt und sich, ohne dass er sie dazu eingeladen hatte, auf den Stuhl ihm gegenüber gesetzt. Nils hatte sich vor Schreck an seinem Grünkohl verschluckt, musste husten und hätte beinahe Lisa mit seinem Essen bespuckt. Doch glücklicherweise hatte er wenigstens dieses eine Mal etwas schneller als sonst reagiert und sich die Serviette vor den Mund gehalten. Lisa. Anstatt ihn auszulachen, war sie besorgt aufgesprungen, um sanft auf seinen Rücken zu klopfen. Zu sanft, als dass es irgendetwas genützt hätte. Aber es hatte Nils gefallen. Und für einen kurzen Moment hatte er sich gewünscht, dass sein Hustenanfall niemals enden würde. Als er mit tränenden Augen nach Luft rang, wünschte er sich allerdings nur noch, dass Lisa verschwinden möge. Sie brachte alles durcheinander. Sie brachte ihn durcheinander. Er konnte kaum noch klar denken. Und dieser Zustand hielt bis heute an. Es war schier unerträglich. Nils schulterte seinen Rucksack und machte sich auf den Weg zu seiner Vorlesung. Doch anders als sonst, war er unkonzentriert und fahrig. Immerzu dachte er an seine erste Begegnung mit Lisa. Mehr als einmal stolperte er über seine eigenen Füße, und als er endlich im großen Vorlesungssaal angekommen war, hatte er seinen Schal verloren. Sei's drum. Tante Martha würde ihm gewiss einen neuen stricken.

„Geht's wieder?" hatte Lisa ihn gefragt. Aber er hatte nicht antworten können und stattdessen nur genickt. Und weil das so war, hatte er auch nur nicken können, als sie ihn um Nachhilfestunden gebeten hatte. Und wieder nickte er, als sie den

Montagnachmittag festlegte. Dabei hatte er dann immer seinen Schachclub-Nachmittag. Ja, Lisa brachte alles durcheinander. Aber ihre Nähe war fast so aufregend, wie der große Mathematik-Wettbewerb an der Uni im letzten Jahr. Den zweiten Platz hatte er belegt, knapp hinter seinem Mathematik-Professor, der nur zehn Punkte Vorsprung gehabt hatte. Nils schnappte hörbar nach Luft. Und Lisa ... heute würde er sie wiedersehen. Sie war gar nicht so dumm, wie er immer vermutet hatte und ihre liebenswürdige Art machte ihn jedes Mal verlegen. Er nahm sich fest vor, heute nicht zu stottern und er wollte ganz besonders aufmerksam sein und den Nachmittag ohne Scherben, Verletzungen und Missgeschicken überstehen. Lisa. Bei dem Gedanken an ihre strahlenden Augen pochte sein Herz schneller und lauter als bei jeder Prüfung. Nein, er mochte sie nicht. Dessen war er sich nun sicher. Heute würde er ihr sagen, dass er ihr keine weiteren Nachhilfestunden geben könnte. Diese Übelkeit, dieser Schwindel, der ihn ergriff, wenn sie dicht neben ihm saß. Ja, Nils wusste, dass sie ihn krank machte. Seitdem er ihr Nachhilfe gab, hatte er zwölf Pfund abgenommen. Er hatte einfach keinen Appetit und seine eh schon viel zu weiten Hosen rutschten ohne Gürtel geradewegs auf seine Knöchel. Nein, er mochte sie nicht. Sie brachte alles durcheinander und machte ihn krank. Nils schloss die Augen und konnte bei dem Gedanken an ihre

Haare den leichten Vanillegeruch ihres Shampoos riechen.

„Sehen wir uns heute Nachmittag?" Nils schrak zusammen. Der Duft nach Vanille war plötzlich sehr real. Lisa.

„Klar", antwortete er. Vergessen waren alle Vorsätze. Nervös strich er sich seine blonden Haare aus dem Gesicht.

„Oh, wie schön. Ich habe nämlich eine Überraschung für dich."

„Ich denke, wir lernen." Warum verunsicherte sie ihn immer wieder?

„Ja, auch." War das etwa Enttäuschung in ihrer Stimme?

„Tut mir leid. Es ist nur so …" Nils konnte nicht weitersprechen. Was sollte er auch sagen? Er fühlte sich mit einem Mal sehr schwach, klein und unsagbar traurig.

„Nils?" Lisa beobachtete ihn besorgt. Dieser Blick war für ihn kaum zu ertragen. „So sag' doch etwas."

„Ich … also … ich …" Nils schaute an Lisa vorbei an die Wand des Hörsaals. „Also … ich habe mich in dich verliebt." Hatte er das jetzt wirklich gesagt? Vorsichtig schaute er sie an. Was war das? Diesen Gesichtsausdruck hatte er nicht erwartet. Lisa leuchtete. Ihre Augen strahlten und ihre Wangen hatten sich rosig gefärbt.

„Nils … endlich." Lisa flog ihm um den Hals und küsste ihn. Es war der schönste Kuss seines Lebens. Na ja, es war ja auch sein erster.

Das Ende eines Tages

„Ich weiß, dass du hier bist. Ich kann dich spüren."
Mareike zog fröstelnd ihre Strickjacke enger um
ihren Körper.

„Das war nicht meine Absicht", antwortete eine
sanfte Stimme leise. Es war beinahe ein Flüstern.

„Warum gerade jetzt? Es ist noch viel zu früh."

„Darauf habe ich keinen Einfluss. Das weißt du."

„Nein. Das weiß ich nicht." Mareike nahm vorsichtig die Hand ihres Vaters und streichelte sie
sacht. Warm fühlte sie sich an. Noch.

„Manchmal kommt die Zeit, Abschied zu nehmen,
früher als man denkt", flüsterte die Stimme und es
wurde noch etwas kälter in dem Zimmer. Still war
es. Vom Flur her drang kein Laut zu ihnen.

„Das ist ungerecht. Er hat doch nie etwas Böses
getan."

„Das spielt keine Rolle."

„Du darfst das nicht. Ich erlaube es einfach nicht."
Mareike konnte ihre Tränen nicht mehr zurückhal-
ten. Sie legte ihren Kopf auf die Brust des Mannes,
der klein und verloren in seinem Bett lag.

„Ich tue doch gar nichts. Ich warte. Genau wie du."

„Ich warte nicht. Ich versuche ihn zu beschützen.
Vor dir, vor … ach, was weiß ich." Wieder hatte

Mareike das Gefühl, dass es kälter wurde. Sie zitterte.

„Du bist ein Heuchler. Wenn du nicht hier wärest, wüsste ich, dass ich meinen Vater nicht verliere. Aber du bist ein Schmarotzer, der sich an dem Leid der Menschen weidet, um selbst zu überleben." Verzweifelt klammerte sie sich an ihren Vater, der blass und reglos dalag.

„Du bist traurig. Ich kann deine Wut verstehen. Aber ich verspreche dir, dass ich gut auf ihn aufpassen werde. Dafür bin ich da."

„Ach, halt einfach die Klappe. Oder besser noch: Verschwinde!"

„Das kann ich nicht. Es dauert nicht mehr lange. Versuche loszulassen." Die Stimme klang versöhnlich.

„Ich kann nicht. Was soll ich nur ohne ihn tun?"

„Leben", war die knappe Antwort.

„Wie? Du hast doch schon meinen Mann und meine Mutter. Lass mir doch wenigstens meinen Vater noch eine Weile."

„Selbst wenn ich das könnte, würde es dadurch nicht einfacher. Aber wie gesagt, darauf habe ich keinen Einfluss."

Mareikes Vater röchelte.

„Hör auf damit. Du quälst ihn. Lass ihn doch endlich in Ruhe."

„Du verstehst nicht. Ich mache gar nichts. Doch er braucht noch eine kleine Weile. Und wenn die Zeit

72

reif ist, werde ich ihm meine Hand reichen und mit ihm gemeinsam durch das Tor der Ewigkeit gehen."

Mareike sagte nichts. Mittlerweile war es spät geworden. Die Sonne war längst untergegangen. Die beleuchteten Fenster der Häuser um das Krankenhaus herum funkelten wie Sterne und gaben dem Zimmer ausreichend Licht, so dass sie auch weiterhin ihren Vater beobachten konnte. Mareike spürte ihren Pulsschlag. Kräftig. Stark. Regelmäßig. Etwas zu schnell. Ihr Vater atmete flach, fast unmerklich. Wurden seine Lippen blau? Und wieder wurde es kälter in dem Zimmer.

„Es ist so weit. Verabschiede dich", flüsterte die Stimme.

Mareike hatte keine Kraft mehr. Sie küsste die eingefallenen Lippen ihres Vaters und spürte dabei seinen letzten tiefen Atemzug.

„Was geschieht jetzt mit ihm?" fragte sie. Aber sie erhielt keine Antwort. „Bist du noch da?" Nichts. Sie weinte leise, fast lautlos, legte wiederum ihren Kopf auf die Brust ihres Vaters, hielt seine Hände und spürte, wie die Wärme den Körper ihres Vaters verließ und das Zimmer erwärmte.

Gedichte

Die verlorene Freundin

Weißt du eigentlich, wie sehr ich dich mag?
Es vergeht wahrhaftig kein Tag
an dem ich mich nicht frag,
mich nicht der Gedanke plagt,
wie es dir wohl gehen mag.

Ich vermisse unsere Gespräche
mal ernst, mal heiter
Gedanken spinnen immer weiter
das Themenfeld wird breiter
und breiter, wir erklimmen die Leiter
unserer Erkenntnisse und werden immer geschei-
ter.

Ich vermisse unser gemeinsames Lachen
über so viele Sachen
die das Leben lebenswert machen
über Frauensachen
Gedanken, die erwachen.

Ich vermisse deinen Schwung
dein Elan ist eine Bereicherung.
Hast du eigentlich eine Ahnung
welche Wirkung du auf meine Stimmung
hast?

Ich vermisse deine Ehrlichkeit,
Aufmerksamkeit, Offenheit
Besonnenheit.
Du bist so gescheit
und allzeit hilfsbereit.

Weißt du eigentlich, wie sehr ich dich mag?
Es vergeht wahrhaftig kein Tag
an dem ich mich nicht frag,
mich nicht der Gedanke plagt,
wie es dir wohl gehen mag.

Nein, ich möchte dich nicht verlieren
du schaffst es, mich immer zu motivieren.
Ich möchte mit dir durch die Straßen flanieren
Schwadronieren
und zum Abschluss in einem Restaurant dinieren.

Ich möchte mit dir Ausstellungen besuchen
eine Reise zur Buchmesse buchen
manchmal auch gemeinsam fluchen
und dann nach dem Grund dafür suchen –
am liebsten bei einem Stück Kuchen.

Ich möchte mit dir über alles sprechen
vielleicht auch mal eine Nacht durchzechen
du bist und bleibst meine Freundin

das ist ein Versprechen
das werde ich auch nicht brechen.

Weißt du eigentlich, wie sehr ich dich mag?
Es vergeht wahrhaftig kein Tag
an dem ich mich nicht frag,
mich nicht der Gedanke plagt,
wie es dir wohl gehen mag.

So vergehen Monate, Wochen, Tage
an denen ich mich immer wieder frage
ob ich wirklich solch eine Plage
bin und wie ein Krake
mich an dir festhake.

Und ob du willst oder nicht
ich zeige hier mein wahres Gesicht
auch wenn du nicht unbedingt
darauf erpicht bist
erachte ich es als meine Pflicht
dir zu sagen: Ich vermisse dich.

Der Schmerz

Langsam, ganz langsam in der Nacht
ich bin noch gar nicht richtig aufgewacht
da schleicht er sich heran, der Schmerz
und entwickelt sich mit aller Macht
bis zum Morgengrauen in seiner vollen Pracht.

Schmitz-Schmerbach-Schmerz mein Name
sagt er ohne Anteilnahme
und meine Annahme
es handele sich um eine Ausnahme
führt zu einer unliebsamen Kenntnisnahme.

Schmitz-Schmerbach-Schmerz fährt in mich hinein
ich spüre ihn in Mark und Bein
und es hat den Anschein
dass er sich auskennt mit Tyranneien
und ich fühle mich allgemein
ziemlich allein.

Er rollt mit Wucht durch meine Glieder
immer rapider
werde ich ein Invalider

das ist mir ziemlich zuwider
macht mich immer müder
und draußen blüht der Flieder.

Er macht sich breit in meinen Gedanken
und mein Denken
ist eingeschränkt – man möge es mir verdenken –
stechend, pochend, stetig ansteigend
Schmitz-Schmerbach-Schmerz ist großzügig mit
seinen Geschenken.

Sein Lachen ist höhnisch
und ich werde panisch
er ist sehr erfinderisch
macht meine Schmerzen chronisch
heimtückisch
sitzt er mit an jedem Tisch.

Schmitz-Schmerbach-Schmerz ist gnadenlos
skrupellos
rücksichtslos
findet sich selber grandios
macht mich fast bewegungslos
und draußen ist der Teufel los.

Er hat sich bei mir eingenistet
die Dinge, der er tun muss, aufgelistet

all seine Geschütze aufgerüstet
er tut das, wonach es ihm gelüstet
und es scheint nicht nur befristet.

Schmitz-Schmerbach-Schmerz ich bitte dich
sei doch endlich mal vernünftig
und geh in dich
dein Verhalten ist wenig christlich
und für keinen wirklich nützlich
du bist offenbar ziemlich geltungssüchtig
doch ich gebe dir schriftlich
dein Verhalten ist nicht richtig
und deshalb: Hau endlich ab. Unverzüglich.

Du kannst nicht die ganze Welt retten

Du kannst nicht die ganze Welt retten
sagen sie und schauen betreten
nein – ich kann sie nicht retten
genau deshalb spüre ich die Ketten
der Hilflosigkeit.

Sie sagen, du musst mehr an dich selbst denken
du hast dein Leben nicht zu verschenken
hör auf, dich ständig zu verrenken
du sollst den Fokus auf dich selber lenken
du spürst doch den Schmerz in deinen Gelenken.

Sie sagen, du musst mehr auf dich achten
und zwar sofort, worauf willst du noch warten
heute ist der Zeitpunkt um zu starten
man kennt ja diese Redensarten
ob sie es wirklich alle besser machen?

Und ich? Die Nachrichten kann ich kaum ertragen
bereiten mir Unbehagen
und in meinem Magen
wartet der Galgen auf meine Gefühle.

Katastrophen und Krisen in der Tagesschau
Kriege bilden den Super-Gau

bei all den Grausamkeiten wird mir ganz flau
das Leben erscheint mir nur noch grau
voller Gewalt und rau.

Soziale Netzwerke erscheinen wenig sozial
es wird gelästert, denunziert, ganz ohne Moral
Meinungsfreiheit wird dort ganz global
ignoriert und ich werde ganz fahl
diese Moralapostel sind für mich eine Qual.

Du kannst nicht die ganze Welt retten
sagen sie und schauen betreten
nein – ich kann sie nicht retten
genau deshalb spüre ich die Ketten
der Hilflosigkeit.

Sie sagen, du musst dich vom Leid dieser Welt
distanzieren
Menschen sind so, lerne zu akzeptieren
du musst es ja nicht tolerieren
aber vielleicht ein wenig ignorieren
und darauf hoffen, dass die Probleme dieser Welt
von alleine versiegen.

Sie sagen, auch du bist wichtig
Raubbau zu betreiben ist nicht richtig
sei gut zu dir selbst und das stetig
sie betonen es immer wieder ganz heftig
ihre Worte klingen für mich sehr mächtig.

Sie sagen, du kannst nur helfen, wenn du selber
gesund bist
und das Leid nicht in dich hineinfrisst
und dann auch noch darüber vergisst
dass auch du ein besonderer Mensch bist
der oftmals zu dünnhäutig für diese Welt ist.

Und ich? Wenn ich nicht helfe, plagt mich mein
Gewissen
also kümmere ich mich ganz verbissen
und bin dabei ganz zerrissen
zwischen Verstand und Gefühl hin und her
gerissen
und fühl mich dabei oft be … scheiden.

Schlaflos ist so manche Nacht
denn dieses Gefühl hat große Macht
und ich habe dabei nicht bedacht
dass mich dass alles fertig macht
eine Erkenntnis meist um Mitternacht.

Mein Zeitplan bereitet mir Kopfzerbrechen
alles unter einen Hut – auf Biegen und Brechen
nur nicht eingestehen, die eventuellen Schwächen
erdulde Übelkeit bis zum Erbrechen
das ist wenig Erfolg versprechend.

Du kannst nicht die ganze Welt retten
sagen sie und schauen betreten.
Nein – ich kann sie nicht retten
genau deshalb spüre ich die Ketten
der Hilflosigkeit.

Sie sagen, löse deine Ketten
nur so kannst du dich retten
das Leben ist kein Honigschlecken
ignoriere all die Deppen
Besserwisser und braune Zecken.

Und ich ziehe mich zurück in meine kleine Welt
in der es mir gut geht, mich nichts quält
in meiner selbsterschaffenen Blase
meine rettende Oase
in der nur mein Wohlbefinden zählt.

Und doch: Dieses Gefühl ist wie ein Geschwür
ich kann wirklich nichts dafür

es klopft ständig an meine Tür
saugt mich aus wie ein Vampir
und ich frage mich: wofür?

Nein – ich kann nicht die ganze Welt retten.

Was ich mag

Ich mag den leichten Sommerregen
Katzen, die durch meine Wohnung fegen.
Ich mag es, mich nicht aufzuregen
Gelassenheit ist ein großer Segen.

Ich mag die Sterne und die Stille
Menschen mit festem Willen,
das Zirpen einer Grille
und bei Schmerzen eine Pille.

Ich mag bequeme Schuhe,
das Stöbern in der Erinnerungstruhe,
ein Tag zu Hause in aller Ruhe
und überhaupt Tage, an denen ich fast nichts tue.

Ich mag die Zeit voller Zufriedenheit
in der ich nichts brauche in aller Bescheidenheit.
Ich mag Tapferkeit, Einigkeit
und für das Schreiben ganz viel Zeit.

Ich mag das Staunen und Entdecken
im Winter dicke Kuscheldecken.
Ich mag Augen voller Glanz und Entzücken
und Gefühle, die ich nicht verstecke.

Ich mag Umarmungen und Küsse
Lachen und geistige Ergüsse.
Ich mag von lieben Menschen Grüße
und die Massage meiner Füße.

Ich mag Gespräche bei Kerzenschein
dabei ein Gläschen Wein,
ich bin auch gerne mal allein
bei mir daheim.

Ich mag Schokolade
das ist wirklich eine Plage
Kalorien stelle ich nicht in Frage
bis zum nächsten Gang zur Waage.

Ich mag nun dieses Gedicht beenden
lassen wir es dabei bewenden
ich wünsche euch ein schönes Wochenende
und holt euch keine Sonnenbrände.

Limerick I

Da ist die Krankenschwester aus Bremen
sie kümmert sich wahrlich um jeden
bis auf Jürgen
denn der muss ständig würgen
und sie kann nicht mit ihm reden.

Limerick II

Im Wald geschah ein Mord
der Täter ist längst fort
doch was genau geschah
das weiß nur Waldemar
doch der ist tot und liegt nun dort.

Limerick III

Jäh erwacht das Haustier
stellt fest, es ist kein Futter hier
es schleicht zum Bett die Katze
erhebt mit Schwung die Tatze
und das in der Früh um vier.

Limerick IV

Loris Leidenschaft ist essen
an ihrem Umfang kann man's messen
man muss schon lange suchen
nach Torten und nach Kuchen
denn die hat sie längst gegessen.

Limerick V

Da gibt's einen Kerl namens Paul
der ist ziemlich faul
Jule mag ihn nicht leiden
will den Umgang vermeiden
und haut ihm eins aufs Maul.

Weihnachten

Erlebnisse eines Weihnachtsgeschenks

Ein Raunen ging durch den Kleiderschrank, als der Neue, ordentlichen gefaltet, in das Regal gelegt wurde. Viele waren sie nicht in ihrer kleinen Gemeinschaft, war doch ihre Besitzerin seit langer Zeit arbeitslos und für Kleidungsstücke hatte sie selten das nötige Geld übrig.

„Hey, du, Neuer, bist wohl nicht von hier." Typisch. Das schwarze, leicht verwaschene Sweatshirt ergriff wieder einmal das Wort. Eines Tages würde ihm seine große Klappe zum Verhängnis werden. Da waren sich alle sicher.

„Aber jetzt gehöre ich hierher", antwortete der rote Pullover und es klang schon ein wenig hochnäsig.

„Siehst ziemlich teuer aus. Kaschmir?"

„Neunzig Prozent und zehn Prozent Angora", antwortete der neue Mitbewohner voller Stolz.

„Was macht einer wie du in unserer Gegend?", bohrte das Sweatshirt weiter. Die übrigen Kleidungsstücke waren mucksmäuschenstill. Sie alle liebten Geschichten und wussten genau, dass jeder Neuzugang zunächst einmal sein Schicksal erzählen musste.

„Das ist eine lange Geschichte", zögerte der rote Pullover.

„Wir haben heute eh nichts mehr vor", kicherte ein bunt gestreifter Baumwollpullover.

„Ich habe eine lange Reise hinter mir. Aber wenn es euch interessiert, will ich euch meine schrecklichen Erlebnisse erzählen." Und so machten sie es sich alle bequem, um die Abenteuer des roten Pullovers zu hören.

„Hergestellt wurde ich in Italien. Mein Schöpfer war ein großer Modedesigner, der fast ausschließlich für berühmte Menschen kreierte. Leider habe ich seinen Namen vergessen. Wisst ihr, ich kann mir nämlich nicht besonders gut Namen merken." Irgendwo aus den Tiefen des Kleiderschranks raunte jemand verächtlich: „Angeber!" und der rote Pullover war ein wenig beleidigt.

„Soll ich nun erzählen oder nicht?", fragte er mit bebender Stimme.

„Weiter!", befahl das schwarze Sweatshirt. Denn er hatte hier das Sagen.

„Nun, bald schon kleidete ich eine wunderschöne Filmschauspielerin. Ach, wie hieß sie denn noch gleich? Wenn ich mir nur Namen merken könnte – aber egal. Auf jeden Fall war diese Zeit einfach wunderbar. Ich wurde pfleglich behandelt und sogar ab und zu mit einem Spritzer Parfum verwöhnt. Es war herrlich." Ein sehnsuchtsvolles Seufzen ging durch den Kleiderschrank. „Doch diese wunderbare Zeit hatte bald ein Ende. Filmschauspielerinnen behalten ihre Pullover nicht allzu lange. Ich wurde also in einen Second-Hand-Laden gegeben, in dem Designer-Stücke preiswert weiterverkauft wurden. Eine überaus oberflächliche Gesellschaft lernte ich dort kennen. Ich sage euch, nichts als Aussehen, Marken und Partys hatten sie dort im Kopf. Aber glücklicherweise blieb ich nicht sehr lange dort. Bald schon wurde ich von einem jungen Mann gekauft."

„Von einem Mann? Aber du bist doch ein Damenpullover", verständnislos schüttelte das schwarze Sweatshirt seine Kapuze.

„Na und?", erwiderte der rote Pullover spitz, „und du bist ein Kleidungsstück für einen Mann und gehörst trotzdem in den Besitz einer Frau." Im Schrank wurde gekichert und das Sweatshirt war froh darüber schwarz zu sein, damit niemand seine Schamesröte sehen konnte.

„Bald schon war Weihnachten und der junge Mann hatte mich wohl als Geschenk gekauft. Er wickelte mich in buntes Papier, so dass alles um mich herum dunkel wurde. Ich nehme an, dass er noch eine Schleife um mich band, denn plötzlich schnürte mir etwas ziemlich unangenehm die Ärmel ab. So verharrte ich mindestens drei Tage und ich war schon so weit, dass ich alle meine Maschen nicht mehr spüren konnte. Endlich wurde ich aus meiner Verpackung befreit. Ich befand mich in einem gemütlichen Wohnzimmer, in dem ein festlich geschmückter Baum stand. Doch viel Zeit blieb mir nicht, mich umzusehen. Denn die Frau, der ich nun gehören sollte, machte ein enttäuschtes Gesicht und jammerte, dass ihr Mann sie wohl nicht kennen würde, sonst wisse er, dass sie die Farbe Rot nicht leiden möge. Ganz schön undankbar, diese Dame, sage ich euch. Achtlos wurde ich unter den Weihnachtsbaum geschleudert, wo ich dann zwei Tage aushalten musste, in denen stetig das Wachs der Weihnachtsbaumkerzen auf mich tropfte. Das war so heiß, dass ich immer lauter wimmerte. Doch niemand schien mich zu hören."

Die Kleidungsstücke im Schrank hielten den Atem an. So etwas Schreckliches war keinem von ihnen passiert.

„Nach zwei Tagen dann zog mich die junge Frau unter dem Weihnachtsbaum hervor. Mittlerweile hatte das Wachs meine Maschen ziemlich verklebt. Zunächst wurde ich in eine Plastiktüte gepackt und in das Eisfach gelegt. Die Hitze der vergangenen Tage war nichts gegen die extreme Kälte in dem Gefrierfach. Ich weiß nicht, wie lange ich dort aushalten musste. Ich glaube, ich verlor zwischenzeitlich das Bewusstsein. Irgendwann wurde ich hervorgeholt und man versuchte, das Wachs von mir zu entfernen. Es wurde an mir gekratzt, gezerrt, gerieben und sogar mit Löschpapier und dem Bügeleisen wurde ich malträtiert. Ich weiß nicht wie, aber sie schaffte es doch tatsächlich, mich zu säubern. Nur meine Maschen sahen etwas mitgenommen aus. Also steckte diese ungeschickte Person mich in die Waschmaschine. Stellt euch das mal vor? Mich, einen Kaschmir-Angora-Pullover."

„Nicht auszudenken – wie furchtbar – entsetzlich", ertönte es im Schrank.

„In dieser Höllenmaschine wurde ich zuerst fast ertränkt und dann beinahe zu Tode geschleudert. Ich sage euch, diese Maschine ist mir nicht gut bekommen und noch heute habe ich mit den bleibenden Schäden zu kämpfen."

Die anderen Kleidungsstücke musterten den roten Pullover.

„Du siehst doch ganz passabel aus", stelle ein weißes T-Shirt verständnislos fest.

„Ja, das schon, aber ich habe mich in dieser Maschine verkleinert. Als die junge Frau mich nach der Wäsche dann doch einmal anziehen wollte, spannten sich meine Maschen über ihrem Körper, besonders über ihrem Busen, und drohten zu reißen."

„Och, hört sich doch ganz angenehm an", bemerkte das schwarze Sweatshirt, dem es bei der Vorstellung ganz wuschig wurde.

„Du glaubst gar nicht, wie schmerzhaft das ist. Es war einfach grauenvoll. Aber sie zog mich sofort wieder aus, stopfte mich in einen Sack voller alter Socken, Jacken und Hosen, die fürchterlich rochen. Tja, schließlich landete ich in der Altkleiderkammer der Caritas und von dort aus kam ich dann hierher."

Es herrschte bedrücktes Schweigen. Was für schreckliche Erlebnisse hatte dieser arme rote Pullover durchstehen müssen.

„Willkommen bei uns", erklang es zaghaft im Kleiderschrank.

„Ach, ich bin froh, hier sein zu dürfen. Denn endlich kann ich jemanden all meine Wärme schenken, der sie auch wirklich braucht."

Die Kleidungsstücke nickten besonnen und ein jeder dachte über den Sinn von Kleidung und auch den Sinn von Weihnachten nach.